I0686133

LA MULE
DE PEDRO

OPÉRA EN DEUX ACTES

PAR

M. DUMANOIR

MUSIQUE DE

M. VICTOR MASSÉ

PARIS

MICHEL LÉVY FRÈRES, LIBRAIRES ÉDITEURS

RUE VIVIENNE, 2 BIS, ET BOULEVARD DES ITALIE 15

A LA LIBRAIRIE NOUVELLE

Mme VEUVE JONAS, LIBRAIRE DE L'OPÉRA

—

1863

LA

MULE DE PEDRO

OPÉRA EN DEUX ACTES

PAR

M. DUMANOIR

MUSIQUE DE

M. VICTOR MASSÉ

Représenté pour la première fois à Paris, à l'Académie impériale
de musique, le 4 mars 1863.

PARIS

MICHEL LÉVY FRÈRES, LIBRAIRES ÉDITEURS

RUE VIVIENNE, 2 BIS, ET BOULEVARD DES ITALIENS, 15

A LA LIBRAIRIE NOUVELLE

Mme Ve JONAS, LIBRAIRE DE L'OPÉRA

1863

PERSONNAGES:

PEDRO ZAMORA, riche fermier.................. M. Faure.

HERNANDEZ, hôtelier....................... M. Guignot.

GILDA, sa fille............................ Mme Gueymard.

TEBALDO, jeune soldat..................... M. Warot.

GRILLO, garçon de ferme................... Mlle de Taisy.

CHŒURS.

La scène se passe en Espagne, dans la Vieille-Castille, sur les bords
du Douro.

S'adresser, pour la *mise en scène*, à M. Colleuil, régisseur de
la scène du théâtre impérial de l'Opéra.

Paris. Typ. Pillet fils aîné, rue des Grands-Augustins, 5.

LA MULE DE PEDRO

ACTE PREMIER

Une place de village. — C'est jour de fête. Des boutiques ambulantes, couvertes de toiles bariolées, entourent la place. — La foule assiége des tréteaux de saltimbanques.— Une table, devant la porte de l'hôtellerie de Hernandez.

SCÈNE PREMIÈRE

PEDRO, FERMIERS, MARCHANDS, TOREROS, etc.

CHŒUR GÉNÉRAL.

Pour nous c'est jour de fête!
Buvons, chantons, dansons!
Qu'au loin l'écho répète
Le bruit de nos chansons!
Regardez sur nos têtes :
Dans ces climats heureux,
Le ciel est de nos fêtes
Et sourit à nos jeux!
    Viva, viva
La foire de Villanova!

PEDRO, entrant, suivi d'autres fermiers, et posant sur la table un sac de cuir.

Au marché, ce matin, devançant mes confrères,
J'ai vendu vingt grands bœufs, au superbe poitrail :
Amis, aidez-moi donc à fondre dans nos verres
Un peu de cet argent gagné par le travail.

Dans cette bourse pleine
Puisez tous à loisir :
L'or que donne la peine,
Je le rends au plaisir !

CHŒUR.

Pour nous, c'est jour de fête !
Etc., etc.

(Des Picadores et des Banderilleros, escortant l'Espada à cheval, viennent sonner une fanfare et annoncer la course de taureaux.)

CHŒUR DES TOREROS.

Venez tous voir la lutte formidable
De l'illustre José, le fameux matador,
Et du taureau le plus inabordable
Qui jamais ait bravé le fer du picador !

PEDRO.

La course de taureaux va déjà commencer ?

LES AUTRES FERMIERS.

Allons-y !

PEDRO.

Non, vraiment ! Pourquoi tant se presser ?
(Plus bas, en se levant.)
J'attends ici celle que j'aime.

TOUS.

Celle qu'il aime ?

PEDRO.

Oui, la belle Gilda,
Qui va sortir de cette posada.

TOUS.

Gilda ?

PEDRO.

Ses yeux si doux et sa grâce suprême
Ont enchaîné ce cœur, qui sans cesse courait.
Pour ces yeux-là, votre ami donnerait
Sa ferme et ses troupeaux... et sa mule elle-même !

UN FERMIER.

Ta mule ?

PEDRO, étonné.

Eh quoi ! fermier des rives du Douro,
Tu ne connaîtrais pas la mule de Pedro ?

TOUS, riant.

Lui seul ne connaît pas la mule de Pedro !

PEDRO, la montrant au dehors.

Tiens ! tu la vois... broutant, d'un air philosophique,
Les herbes tendres du chemin.
Sachant que nous buvons, la bête pacifique
Resterait là jusqu'à demain :
Car ma mule Pédrille,
Qui vaut pour moi son pesant d'or,
Joint à la douceur d'une fille
La gravité d'un vieux corrégidor !

CHANSON.

1er COUPLET.

C'est elle qui, chaque semaine,
Me mène aux marchés d'alentour,
Et qui doucement me ramène,
Quand sonne l'heure du retour.
Bien mieux que moi, la bonne bête
Sait le chemin de la maison..

(A demi-voix.)
Ah! c'est qu'elle a toute sa tête,
Quand, moi, je n'ai plus ma raison.

Aussi, qui ne connaît la mule de Pedro !

De ses grelots, de ses sonnettes,
Dès qu'on entend au loin l'écho,
Chacun dit : « Écoutez ces joyeuses clochettes !
C'est la mule de Pedro !

TOUS.

De ses grelots, de ses sonnettes, etc.

PEDRO.

2ᵐᵉ COUPLET.

Sachant très-bien tout ce que j'aime,
Elle a pour moi des soins discrets,
Et va s'arrêter d'elle-même
Au seuil de tous les cabarets.
Vienne à passer fille jolie,
Elle s'arrête encor bien mieux...
Et même alors, chaste et polie,
Pour ne rien voir, ferme les yeux.

Aussi, qui ne connaît la mule de Pedro !

De ses grelots, de ses sonnettes,
Dès qu'on entend au loin l'écho,
Chacun dit : « Écoutez ces joyeuses clochettes !
C'est la mule de Pedro ! »

TOUS.
De ses grelots, de ses sonnettes, etc.

SCÈNE II

LES MÊMES, HERNANDEZ, GILDA.

Hernandez sort de son hôtellerie, donnant le bras à Gilda en habits
de fête.

PEDRO.

C'est Gilda!... Qu'elle est bien dans sa fraîche toilette !
Basquine de satin et mantille coquette!...
    Votre serviteur, señora.

HERNANDEZ.

Salut, señor Pedro. Nous allons à la fête :
La course de taureaux bientôt commencera.

PEDRO.

    (Bas.)
Quoi! sitôt?... Arrêtez!... Plus longtemps puis-je attendre
L'instant de déclarer mon espoir et mes vœux?

HERNANDEZ.

    Soit, parlez donc.

PEDRO.

    Gilda, daignez entendre
Ma timide prière et mes premiers aveux.

(Les autres fermiers s'éloignent et se remettent à table.)

TRIO.

De ce pays j'ai le plus beau domaine :
Sur un coteau repose ma maison ;
J'ai des troupeaux couvrant au loin la plaine,
De vastes champs où jaunit la moisson.

J'ai d'autres biens, que ma maison renferme,

(La regardant.)

D'autres trésors... dont j'attends le premier...

Tout est pour vous, les prés, les champs, la ferme,

Si vous prenez avec eux le fermier.

ENSEMBLE.

PEDRO, à part.

Cet aveu, que je viens de faire,

Ne peut, je crois, que la charmer :

Je suis jeune, je dois lui plaire ;

Je suis riche, elle doit m'aimer.

GILDA, de même.

Que dire, et comment me soustraire

A l'aveu qui vient m'alarmer?

C'est vainement qu'il voudrait plaire

A celle qui ne peut l'aimer.

HERNANDEZ, de même.

Cet aveu, qu'on vient de lui faire,

Ne peut, je crois, que la charmer :

Riche et galant, il a, pour plaire,

Tous les dons qui nous font aimer.

PEDRO.

Vous ne répondez pas?

HERNANDEZ, à Gilda.

Le choix qui s'offre à nous,

De toi, ma fille, doit dépendre,

Et j'accepte Pedro pour gendre,

Si tu l'acceptes pour époux.

PEDRO, à Gilda.

Eh bien?... eh bien?..

GILDA.

C'est impossible!

PEDRO.

Qu'ai-je entendu !... votre cœur inflexible...

GILDA.

Je n'y peux rien ; mon cœur n'est plus à moi ;
Car un autre a reçu mes serments et ma foi.

PEDRO.

Un autre !

GILDA.

Il fut l'ami de mon enfance...
Cher Tebaldo ! Du sort suivant la loi,
Bien loin du lieu de sa naissance,
Depuis deux ans, il est soldat du roi.

PEDRO, souriant.

Un soldat ?... Tebaldo ?... L'obstacle n'est pas grave.
Il est pauvre...

GILDA.

Il est bon !

PEDRO.

Je suis riche...

GILDA.

Il est brave !

PEDRO.

Il n'a rien...

GILDA, avec fierté.

Que mon cœur !

PEDRO, gaiement.

Qu'importe ?... Ces soldats
Ils partent, c'est certain, mais ne reviennent pas.

1.

GILDA.

ROMANCE.

I

Chaque jour, je me le rappelle,
Lorsque le sort nous sépara,
Il dit : « Je reviendrai fidèle !... »
    Il reviendra !
Oh ! j'en suis sûre, il reviendra !

II

Quand sa voix, si chère et si tendre,
M'a dit ces mots : « Je reviendrai, »
A Dieu j'ai juré de l'attendre...
    Je l'attendrai !
Je l'ai promis, je l'attendrai !

ENSEMBLE, à demi-voix.

PEDRO, tout décontenancé:
    La réponse est formelle,
C'est un congé, c'est un refus.
    Sous l'arrêt de la belle,
Baissons mon front triste et confus.

GILDA.
    Devant ce cœur fidèle,
Qu'il baisse un front triste et confus :
    Pour lui, Gilda rebelle
N'aura jamais que des refus.

HERNANDEZ.

La réponse est formelle,
C'est un congé, c'est un refus.
Voyez comme auprès d'elle
Il baisse un front triste et confus!

LES AMIS DE PEDRO.

La réponse est formelle,
C'est un congé, c'est un refus.
Sous l'arrêt de la belle,
Il baisse un front triste et confus.

(Hernandez et Gilda s'éloignent.)

SCÈNE III

PEDRO, LES AUTRES FERMIERS.

TOUS, ne se contenant plus et riant très-fort.

Oh! oh! oh! oh!
Pauvre Pedro!
Voilà donc comme on traite
Ta richesse et ton cœur!
Fermier, bats en retraite,
Place au soldat vainqueur!

PEDRO, relevant la tête.

Vous riez?... Ah! malgré ce serment ridicule,
Je jure, moi, Pedro, qu'elle m'appartiendra!
Car je suis entêté... presque autant que ma mule!...
Et puis l'amour viendra,
Ma foi, quand il voudra.
(Avec force.)
A moi Gilda!

TOUS.

Que veux-tu faire?

PEDRO.

Eh! pardieu! l'enlever.

TOUS.

L'enlever?

PEDRO.

Belle affaire!

J'ai, pour cela, Nuñez et ses hardis larrons,
Que j'ai vus, ce matin, rôder aux environs.
Ils ont, à ce métier, gagné leurs épaulettes!

UN FERMIER.

Quoi! ces contrebandiers grossiers et mal-appris?

PEDRO.

Non pas!... Ce sont des bandits fort honnêtes,
Et très-galants... quand on y met le prix.
(Riant.)
Lorsque, trouvant un cœur rebelle,
On a recours à ces brigands,
Avant d'enlever une belle,
Ils ont soin de mettre des gants.

TOUS.

Allons, bravo! bravo!
Bonne chance à Pedro!

PEDRO, les rassemblant autour de lui.

Pour que tout s'accomplisse
Sans bruit,
Nous aurons pour complice
La nuit.

Le larron, que son ombre
Séduit,
De sa retraite sombre
S'enfuit,
Et l'amant, qu'il rançonne,
Le suit,
Dès que l'horloge sonne
Minuit.

TOUS.

Pour que tout s'accomplisse
Sans bruit,

Etc., etc.

(Ils sortent.)

SCÈNE IV

TEBALDO, seul.

A peine Pedro et ses amis se sont-ils éloignés, que Tebaldo paraît au fond et jette des regards avides sur tout ce qui l'entoure.

AIR.

RÉCITATIF.

C'est ici!... c'est ici !... De ma course lointaine
Le prix si cher m'est donc enfin donné !
Qu'importe la fatigue et qu'importe la peine,
Pour revoir un instant les lieux où je suis né !

ANDANTE.

Hameau natal, terre chérie,
Où notre enfance a fait ses premiers pas,
De nos cœurs étroite patrie,
Le monde entier ne vous remplace pas !

La voici, la maison où j'eus l'adieu suprême
    De ma mère qui m'a béni !...
La voici, cette église où l'onde du baptême
    Coula sur mon front assaini !

    Hameau natal, terre chérie,
      Etc., etc.

ALLEGRO.

Vous qui causez mon trouble et mon ivresse,
Ah ! revenez, souvenirs du passé !
Ah ! rendez-moi, beaux jours de ma jeunesse,
    Mon cœur qu'ici j'avais laissé !
    (Se tournant vers la maison d'Hernandez.)
    Et toi, qui m'as dit : « Espérance ! »
    Le jour où parlait le devoir,
    Toi, mon bonheur, toi, ma souffrance,
    O ma Gilda, je vais te voir !

Vous, qui causez mon trouble et mon ivresse, etc.

    (Des clameurs se font entendre.)

D'où viennent donc ces cris d'alarmes ?

SCÈNE V

TEBALDO, un groupe de Femmes et d'Enfants, accourant
épouvantés.

LA FOULE, traversant la place.
Le taureau ! le taureau !... Des armes !

TEBALDO.
Qu'est-ce donc ?... Répondez !

LE CHŒUR.

Le taureau, sous nos yeux,

Mugissant de colère,

A franchi la barrière,

Parmi nous s'est jeté, menaçant, furieux !

La foule éperdue

Fuit avec effroi,

Et Gilda...

TEBALDO.

Ciel ! Gilda ?...

LE CHŒUR.

Voyez ! elle est perdue !

TEBALDO.

Ah ! je la sauverai !

LE CHŒUR.

Tebaldo !

TEBALDO.

Laissez-moi !

(Il écarte la foule et disparaît. — Le groupe de femmes et d'enfants le suit des yeux avec anxiété. — Scène muette. — Puis tous s'écrient avec joie :)

LE CHŒUR.

La voici ! la voici !

(Tebaldo et Hernandez rentrent, soutenant Gilda.)

HERNANDEZ.

Gilda !

TEBALDO.

De la prudence !

Son effroi se dissipe... Attendez en silence !

GILDA, ouvrant les yeux.

Tebaldo!... C'est bien vous?... Oui, ce sont bien ses traits!...
Parle !... la voix, je veux l'entendre !

TEBALDO.

Ma Gilda !

GILDA.

Mon sauveur !... Car, sans toi, je mourais...
Dans ce danger suprême, ah ! je devais t'attendre :
Je savais bien que tu viendrais !
(Avec effroi.)
O ciel !... blessé !...

TEBALDO, cachant sa blessure.

Non ! non !... Je te l'atteste ..
Mais il te faut calmer ton trouble et ton effroi
Par le repos.

HERNANDEZ.

Viens, mon enfant, suis-moi.

GILDA, emmenée par son père.

Tu ne vas pas encor nous quitter ?...

TEBALDO, avec contrainte.

Non, je reste.

(A part.)
Épargnons-lui, du moins, les adieux d'aujourd'hui.

GILDA, sortant.

Au revoir, Tebaldo !

PEDRO, qui vient de paraître au fond.

Tebaldo !... C'était lui !

SCÈNE VI

TEBALDO, PEDRO.

Pedro s'avance lentement, les yeux fixés sur le soldat.

DUO.

PEDRO, à part.

Le voilà, ce rival qu'elle aime et qu'elle pleure !
Le voilà devant moi (avec ironie), ce fantôme effrayant !...
Il faut, pour en finir, qu'ici même et sur l'heure,
L'un de nous deux succombe aux pieds du plus vaillant !

TEBALDO, à part, avec joie.

Gilda, je l'ai revue ! Ainsi qu'un doux mirage,
Ton image, un instant, a passé sous mes yeux !...
J'emporte du bonheur, j'emporte du courage :
Gilda, je puis partir en bénissant les cieux !

PEDRO, lui frappant sur l'épaule.
Vous êtes Tebaldo ?

TEBALDO, se retournant.
Lui-même.
Vous me connaissez donc ?... Ami, lorsqu'en ces lieux
Vous reverrez Gilda, dites-lui que je l'aime...

PEDRO, se contraignant.
Comptez sur moi.

TEBALDO.
Dites-lui que je l'aime,
Et du soldat portez-lui les adieux.

PEDRO, surpris.

Vous partez ?

TEBALDO.

Il le faut.

PEDRO.

Vous... partez ?...

TEBALDO.

Ce soir même.

PEDRO, à part, en riant.

De nous battre, à présent,
Il n'est plus nécessaire !
Et jamais adversaire
Ne fut si complaisant !

TEBALDO.

Mon régiment, qui vient des frontières de France,
    Près du Douro s'est arrêté :
Pour revoir mon pays, franchissant la distance,
    Je suis parti, j'ai tout quitté.
Mais je n'avais qu'une heure, et l'heure est expirée ;
    Déjà s'avance la soirée.
Adieu donc !

PEDRO, joyeux.

Bon voyage !...

(Tebaldo fait quelques pas et s'arrête.)

Eh bien ?

TEBALDO.

Je ne puis pas !

PEDRO.

Qu'avez-vous ?

TEBALDO.

Pour Gilda, qui déjà se rassure,
J'avais, à tous les yeux, dérobé ma blessure,
Et, maintenant, je ne puis faire un pas !...
(Avec désespoir.)
Faut-il ici que je demeure,
Quand le devoir et l'honneur sont là-bas ?
Le régiment va partir dans une heure,
Et je ne puis marcher, je ne puis faire un pas !

(Il s'appuie sur la table.)

PEDRO, à part.

Quel contre-temps funeste !
Quel obstacle maudit !
Tout est perdu s'il reste !...
Lui, rester ?... Qu'ai-je dit ?...
(Vivement.)
A son départ, d'un mot, je lève toute entrave !
(A Tebaldo.)
Or çà, croyez-vous donc, mon brave,
Croyez-vous donc que je pourrais vous voir
Déserter vos drapeaux, trahir votre devoir,
Lorsque de vous prouver mon zèle
J'ai le moyen et le pouvoir ?...
A quelques pas d'ici, j'ai ma mule fidèle
Tout attelée et prête à partir... Acceptez.

TEBALDO.

Qu'entends-je !... Mais je n'ose...

PEDRO.

Ah ! si vous hésitez,
Vous voulez donc me faire injure ?...
Le plus heureux des deux, c'est moi, je vous le jure...

Plus un mot, acceptez,
Bonne chance, et partez.
(A part.)
Qu'il est doux de rendre service
Et de montrer qu'on est humain,
Quand on trouve son bénéfice
A venir en aide au prochain !

ENSEMBLE.

Je ris du pauvre diable !
Adroit et généreux,
Par ce tour impayable
J'éloigne un amoureux !

TEBALDO.

Vraiment, c'est un bon diable !
Quel ami généreux !
D'un service impayable
C'est lui qui semble heureux !

(Sur un signe de Pedro, un garçon d'écurie fait avancer la carriole traînée par la mule, qui est toute couverte de plumets, de
houppes et de pompons. Le jour baisse et des lumières parais-
sent aux fenêtres.)

PEDRO.

Montez vite !

TEBALDO.

Adieu donc !

PEDRO.

Tenez, auparavant,
Prenez ce manteau de voyage.
Je crois que, cette nuit, nous aurons de l'orage :
Il faut vous garantir de la pluie et du vent.

TEBALDO.

Quoi! vous voulez encor?...

PEDRO.

D'un devoir je m'acquitte :
Peut-on avoir trop soin d'un ami qui nous quitte?...
Plus un mot, acceptez,
Bonne chance, et partez.

(A part, pendant que Tebaldo monte dans la carriole.)

Qu'il est doux de rendre service
Et de montrer qu'on est humain,
Quand on trouve son bénéfice
A venir en aide au prochain!

ENSEMBLE.

Je ris du pauvre diable!
Adroit et généreux,
Par ce tour impayable
J'éloigne un amoureux!

TEBALDO.

Vraiment, c'est un bon diable!
Quel ami généreux!
D'un service impayable
C'est lui qui semble heureux!

(Pedro remet les guides à Tebaldo et dirige un instant la mule,
qui s'éloigne et disparaît.)

SCÈNE VII

PEDRO, puis SES AMIS et LA FOULE.

FINALE.

PEDRO, brusquement.

Il part!... Il était temps, ma foi,
De m'en débarrasser en usant d'artifice!
Voici déjà l'heure propice
Où mes larrons vont travailler pour moi!

(A quatre hommes couverts de manteaux, qui viennent
de paraître, il indique l'hôtellerie, et les congédie;
puis, s'adressant à ses amis qui entrent.)

Amis! venez me donner assistance!
Si la fillette à mes vauriens
Fait une sotte résistance,
Que nos cris étouffent les siens!

(S'armant d'un flacon et d'un verre.)

Au bruit des verres sur les tables
Mêlons le bruit de nos chansons!
Bravons l'Alcade et tous ses diables!
Chantons, crions, frappons, brisons!

TOUS, attablés et faisant grand tapage.

Au bruit des verres sur les tables,
Etc., etc.

PEDRO.

Arrêtez!...
Écoutez!...
Écoutez ce doux bruit
Qui s'éloigne et qui fuit!...

(On entend le bruit lointain du trot de la mule.)

De ces grelots, de ces sonnettes.
J'entends au loin le doux écho!
Écoutez, écoutez ces joyeuses clochettes!
C'est la mule de Pedro!

Tout va bien!
Nul moyen
Ne vaut mieux que le mien!
Tout va bien!
Sans soutien,
La belle ne peut rien!
Ah! vraiment,
C'est charmant
De choisir justement
Le moment
Où l'amant
Rejoint son régiment!

GILDA, en dehors.

Au secours!... Tebaldo!

PEDRO.

Vite, recommençons!

TOUS, faisant grand bruit.

Au bruit des verres sur les tables,
Mêlons le bruit de nos chansons!
Bravons l'Alcade et tous ses diables!
Chantons, crions, frappons, brisons!

PEDRO, s'adressant à la foule qui entre.

Quoi! c'est jour de plaisir, jour de fête et d'ébats,
Et vous ne chantez pas!...

CHŒUR GÉNÉRAL.

Au bruit des verres sur les tables,
Etc., etc.

FIN DU PREMIER ACTE.

ACTE DEUXIÈME

Une salle basse de la ferme de Pedro. — A gauche, au premier plan, une porte communiquant à la chambre de Pedro; au deuxième plan, une fenêtre grillée. — Au fond, une grande porte ouvrant sur la cour de la ferme. — A droite, au premier plan, l'entrée d'une cave, fermée par deux petites portes inclinées qui en masquent l'escalier; au deuxième plan, les premières marches d'un escalier conduisant à l'étage supérieur. — Près de l'avant-scène, à gauche, une petite table sur laquelle est servi le souper de Pedro.

SCÈNE PREMIÈRE

GRILLO, seul.

Il est assis sur un escabeau et paraît lutter contre le sommeil. Une lanterne allumée est posée à côté de lui. Quelques éclairs illuminent la croisée. Une horloge sonne, et Grillo se réveille brusquement

GRILLO, comptant les coups de l'horloge.

Deux... trois... quatre... cinq... six... sept... huit...
Neuf... dix... onze... minuit... Minuit!...
Et mon maître Pedro, qui m'a dit de l'attendre,
Court encor les chemins par cette affreuse nuit!...
Qui le retient dehors, le charme et le séduit?
Le tonnerre qui gronde ou bien l'éclair qui luit?...
(Cherchant une posture commode.)
Dans un lit doux et chaud, je voudrais bien m'étendre,
Et je reste cloué sur un siège de bois!...
(Baissant la voix.)
Et puis j'ai toujours peur d'entendre
L'horloge sonner douze fois!...

2

Car, minuit, c'est l'heure où foisonne
    La race des lutins,
Des sylphes et des diablotins...

(Levant sa lanterne et regardant autour de lui.)

  Je suis seul au logis... Personne !...
  Et quand j'y pense... j'en frissonne !...

CHANSON.

1ᵉʳ COUPLET.

Il est, dit-on, un méchant lutin,
Qui vient le soir, s'enfuit le matin,
Démon des nuits, toujours en éveil,
Des bonnes gens troublant le sommeil.
Dès qu'on s'endort, au jeune amoureux
Il montre en songe un rival heureux !
Au vieux mari, qu'il rend tout peureux,
Il fait rêver des malheurs affreux !

  Moi, je ne veux, quand je sommeille,
  Rêver qu'amour, liqueur vermeille...
  Maudit lutin | fils de Satan !
  Va-t'en ! va-t'en ! va-t'en ! va-t'en !

2ᵐᵉ COUPLET.

Il fait bien plus : quelquefois, on dit
Que le lutin, le sylphe maudit,
Dans ses deux bras vous prend avec soin
Et, sans broncher, vous transporte au loin.

Sur un bon lit, on s'est vu couchant,
On se réveille au milieu d'un champ,
Surpris, honteux, sur l'herbe étendu,
Gelé, glacé, transi, morfondu !

Ma chaise, hélas ! est un peu dure,
Mais je crains l'air et la froidure...
Maudit lutin ! fils de Satan !
Va-t'en ! va-t'en ! va-t'en ! va-t'en !

(Il s'endort.)

SCÈNE II

(Scène muette.)

Pedro entre et introduit deux des contrebandiers. — Il leur montre
Grillo endormi, et les deux hommes, le soulevant avec précaution,
l'emportent sur sa chaise, par l'escalier qui conduit à l'étage supérieur, pendant que l'orchestre reprend le refrain de la chanson.

SCÈNE III

PEDRO, GILDA.

Gilda est amenée par les contrebandiers, qui restent au dehors. —
Pendant qu'elle regarde autour d'elle, Pedro, qui s'est dérobé à sa
vue, remet de l'argent à ses auxiliaires, les congédie et ferme la
porte du fond, dont il met la clef dans un tiroir, puis allume les
bougies.

GILDA, se retournant au bruit et voyant Pedro.

Ciel !

PEDRO, à part, à demi-voix, en la regardant.

Voici le moment !... Je vois poindre un orage,
Beaucoup plus effrayant que celui de ce soir !

GILDA, à part.

Allons !... il le faut ! du courage !...

(Faiblissant.)

Je n'en ai pas... Mais je veux en avoir !

PEDRO, hésitant à s'approcher d'elle.

On dirait vraiment qu'à sa vue,
Pedro se trouble et se repent...

GILDA.

S'il voit ma peur, je suis perdue...
Et je me sauve en le trompant !

PEDRO, s'enhardissant et fléchissant le genou devant elle.

CAVATINE.

Dans ce logis, heureux domaine,
Soumis à vos lois désormais,
Soyez maîtresse et souveraine,
Comme une reine en son palais !

Celui dont l'audace perfide
Brava votre juste courroux,
N'est plus qu'un esclave timide
Qui prie et tremble à vos genoux.

Dans ce logis, etc.

Laissez parler votre colère enfin :
Quand vous devriez me maudire,
De grâce, un mot ! daignez le dire...
Un mot ! un seul !

GILDA, gaiement.

J'ai faim !

PEDRO, reculant de surprise.

Plaît-il?

GILDA.

Je veux souper!

PEDRO.

Eh quoi!
Pas de pleurs, pas de cris?

GILDA, fièrement.

Pourquoi?

DUO.

J'aime l'audace et le courage!
Mon cœur en vain s'est révolté,
Oui, même alors qu'elle m'outrage,
L'audace plaît à ma fierté!

PEDRO.

Par mon audace et mon courage,
Ce cœur si fier, je l'ai dompté!
Loin qu'elle blesse et qu'elle outrage,
L'audace plaît à la beauté!

GILDA, à part, faiblissant de nouveau.

Ah! la frayeur vient me reprendre!
Je tremble, et je suis sans appui!
Il n'est pas là pour me défendre...
Mais je veux me sauver pour lui!

2.

PEDRO, de même.

L'amant soumis, docile et tendre
Avec rigueur est éconduit :
C'est par la ruse qu'il faut prendre
Le cœur que l'on n'a pas séduit.

ENSEMBLE.

Par mon audace et mon courage! etc.

GILDA.

J'aime l'audace et le courage! etc.

PEDRO.

Ainsi, vous pardonnez?...

GILDA.

Tout, à celui qui m'aime...
Puisque je vous pardonne même
Cet enlèvement...

PEDRO, se récriant.

Quel blasphème!
Ce n'est point un enlèvement...

GILDA.

Qu'est-ce donc?

PEDRO.

C'est tout simplement
Une demande en mariage...
Contraire peut-être à l'usage
Et faite un peu trop brusquement...
Mais, songez-y, de votre père
J'ai déjà le consentement,
Que le vôtre suivra, j'espère.

GILDA.

Qu'en savez-vous?

PEDRO.

Voici comment :

(Montrant la porte d'entrée.)

Au point du jour, lorsque sonnera l'heure
Où, de cette demeure,
La porte s'ouvrira pour vous,

(Elle le regarde avec anxiété.)

La fille d'Hernandez n'osera reparaître...
— La femme de Pedro, se faisant reconnaître,
Peut seule se montrer, au bras de son époux...
Comprenez-vous? comprenez-vous?

GILDA, souriant avec coquetterie.

On est sans force et sans défense
Contre un ennemi tel que vous.

(A part, pendant que Pedro s'éloigne en se frottant les mains.)

Je déjouerai cet espoir qui m'offense!
Dussé-je braver le trépas,
Le jour en ce logis ne me surprendra pas!

ENSEMBLE.

PEDRO, à part, en riant.

Voilà bien les femmes!
Préférant toujours
De nouvelles flammes
Aux premiers amours!

Toujours, je l'atteste,
La femme oubliera,
Pour l'amant qui reste,
L'amant qui s'en va!

GILDA, à part.

Soutien de mon âme,
O mes seuls amours,
De vous je réclame
Un nouveau secours!
Contre un sort funeste
Qui me défendra?
Mon serment me reste
...Et me soutiendra!

(Gaiement.)

Et ce repas?...

PEDRO.

Au gré de votre envie,
Déjà la table était servie
Par Grillo, mon jeune échanson,
Et je vous offre sans façon
Mon souper de garçon...

(A part, en riant.)

Que ce tête-à-tête précoce
Va changer en repas de noce!...

ENSEMBLE.

(A part.)

Voilà bien les femmes!
Préférant toujours
De nouvelles flammes
Aux premiers amours!

Toujours, je l'atteste,
La femme oubliera,
Pour l'époux qui reste,
L'amant qui s'en va.

GILDA, à part.

Soutien de mon âme,
O mes seuls amours,
De vous je réclame
Un nouveau secours !
Contre un sort funeste.
Qui me défendra ?
Mon serment me reste
Et me soutiendra !

(Ils se mettent à table.)

Buvez donc.

PEDRO.

Soit... Et vous, chantez...
Quelqu'une de ces séguedilles
Où l'amour et le vin tour à tour sont fêtés.

GILDA, vivement.

Je n'en sais pas.

PEDRO.

Vraiment?

GILDA.

Vous en doutez?

PEDRO, contrarié.

On n'apprend rien aux jeunes filles !

GILDA, lui versant à boire.

Si vous voulez, on vous dira
La chanson que la zingara,

La fille de Bohème errante et sans patrie,
Vient chanter quelquefois dans notre hôtellerie.

PEDRO.

Dites-la-moi, je vous en prie.

GILDA.

BOLÉRO.

Je suis la gitana,
La fille vagabonde,
A qui Dieu ne donna
Que sa place en ce monde.
Mais j'ai mon gai tambour
Qui retentit sans cesse,
Le printemps, la jeunesse,
Le soleil et l'amour !

1er COUPLET.

Sans parents, sans compagnes,
Heureuse à ma façon,
Je parcours les Espagnes
En chantant ma chanson.
En tous lieux où je passe,
Promenant ma gaîté,
Mon pays, c'est l'espace,
Mon bien, la liberté !

Je suis la gitana, etc.

PEDRO, qui a vidé plusieurs fois son verre, voulant baiser la main de Gilda.

Ah ! laissez-moi...

GILDA.

Plus tard.

PEDRO.

Et quand donc, s'il vous plaît?

GILDA, versant.

Après le second verre et le second couplet.

(Pedro boit.)

2me COUPLET.

Point de voile ou de masque
Qui vous cache mes yeux,
Quand mon tambour de basque
Éclate en bruits joyeux.
Ni raison, ni prudence
N'enchaîne mes aveux:
Je dis ce que je pense,
Je fais ce que je veux !

Je suis la gitana, etc.

PEDRO, déjà ivre.

Versez encor, car ma bouche est aride,
Versez encor, encor, de ce bon vin.

GILDA, renversant la bouteille.

Plus rien... Voyez.

PEDRO.

Si la bouteille est vide,
La cave ne l'est pas, et j'y descends.

GILDA, à part.

Enfin !

PEDRO.

Vous m'attendrez, ô ma Gilda chérie?

GILDA, minaudant.

Qui donc pourrais-je attendre, je vous prie?

PEDRO, riant et chancelant.

Elle a raison... c'est juste... Car celui
Qu'on attendait hier... est bien loin aujourd'hui.

(Pedro prend la lanterne, ouvre les portes du cellier, et on le voit descendre en chancelant. Gilda referme les portes sans bruit et pousse
le verrou; — puis, elle semble écouter.)

PEDRO, sortant, d'une voix mal assurée.

Voilà bien les femmes...
Préférant toujours..., etc., etc.

SCÈNE IV

GILDA, seule.

De sa raison il n'est déjà plus maître,
Et le sommeil le surprendra peut-être...
     Libre enfin!... Ah! fuyons d'ici!...

(Elle essaye d'ouvrir la porte d'entrée.

O ciel!... cette porte... fermée!...
Me voilà donc livrée à sa merci,
     Seule... tremblante et désarmée!...

(Écoutant.)

Qu'entends-je!... un pas précipité!...
C'est lui!... Cherchons de ce côté!...
Si je ne peux m'enfuir, que le ciel me protége!

(Elle sort précipitamment par la porte à gauche.)

SCÈNE V

GRILLO, seul, descendant l'escalier, pâle, effaré et tremblant d'effroi.

Ah! le maudit lutin!... C'est lui, je le connais,
Qui m'a porté là-haut, pendant que je dormais!

(Allant vers la table et reculant effrayé.)

O ciel! quel nouveau sortilège!
Ces flambeaux allumés!... Voilà bien de ses tours!
C'est encor lui! c'est lui toujours!

(Tombant sur une chaise.)

Je ne veux plus dormir, et le sommeil m'accable...
Il faut qu'un maître ait le cœur implacable,
Pour nous laisser...

(Il s'interrompt brusquement, en prêtant l'oreille. — On entend, au
loin d'abord et confusément, le trot de la mule et le bruit des grelots, qui se rapprochent peu à peu.)

Ce bruit!... ce pas!...

(Avec joie.)

Non, non... je ne me trompe pas!...

(Reprenant le motif de la chanson.)

De ces grelots, de ces sonnettes,
Qu'il est doux d'entendre l'écho!
Écoutez, écoutez ces joyeuses clochettes!
C'est la mule de Pedro!

(Il prend la clef dans le tiroir où l'a mise Pedro, et va ouvrir la porte
d'entrée. On voit la mule arrêtée au dehors, et Tebaldo debout sur
le marchepied et enveloppé dans le manteau de Pedro. Grillo lui
tend la main, le fait descendre et l'introduit.)

Enfin je vais dormir!... Entrez, señor Pedro...
Entrez... et bonne nuit, mon maître!

(Il sort par le fond, et l'on entend fermer la porte à double tour.)

3

SCÈNE VI

TEBALDO, seul.

Eh! mais!... que fait-il?... On m'enferme!...
(Regardant autour de lui.)
Où suis-je?... où suis-je donc?... et que s'est-il passé?...
Exténué, souffrant, blessé,
Par le bruit des grelots incessamment bercé,
Je m'étais assoupi, doucement balancé...
La voiture s'arrête aux portes d'une ferme...
Sans me voir, on m'accueille, on me dit : «Bonne nuit!»
Et me voilà, me demandant encore :
Quelle est cette maison où je suis introduit?...
Suis-je près, suis-je loin de mon but? Je l'ignore...
(Avec insouciance et gaieté.)
Eh! qu'importe, après tout, le chemin que l'on suit,
Quand le doigt du Destin nous guide et nous conduit?...
(Il ôte son manteau et son sabre, qu'il pose sur une chaise.)

COUPLETS.

I

Bien fou qui se rassure
En cherchant ici-bas
La route la plus sûre
Où diriger ses pas !
Le feu lointain du phare
Cache la trahison,
Et souvent on s'égare
En suivant la raison.

La sagesse
Veut sans cesse
Trop d'adresse
Et trop d'art.
Je préfère,
Pour ma part,
Laisser faire
Le hasard.

II

Ces dieux, qu'on importune
De vœux toujours nouveaux,
L'Amour et la Fortune
N'ont-ils pas des bandeaux ?
Sujets de leur domaine,
Nous, aveugles comme eux,
Allons où Dieu nous mène,
Un bandeau sur les yeux.

La sagesse
Veut sans cesse
Trop d'adresse
Et trop d'art.
Je préfère,
Pour ma part,
Laisser faire
Le hasard.

SCÈNE VII

TEBALDO, GILDA.

GILDA, entr'ouvrant la porte.

Impossible de fuir !...

TEBALDO.

Par là, j'entends des pas !...
Ah ! celui-ci, du moins, ne m'échappera pas !

DUO.

GILDA, fuyant.

Laissez-moi !...

TEBALDO, sans la reconnaître.

Répondez !...

GILDA, s'arrêtant.

Cette voix !...

TEBALDO.

Une femme !...

GILDA.

Tebaldo !...

TEBALDO.

Dieu ! qu'entends-je !...

GILDA.

Est-ce un rêve ?...

TEBALDO, avec éclat.

En ces lieux,

Que fais-tu, malheureuse ?...

GILDA.

Un rival... un infâme !...
Espérant m'arracher un serment odieux,
M'a ravie à mon père !...

TEBALDO.

Insolent !... misérable !...
Quel est-il, ce rival, cet infâme ?...

GILDA.

Il est là !
(Avec joie.)
Mais qu'importe, et son nom, et son crime exécrable ?...
Je renais !... je revis !... Te voilà !... te voilà !

ENSEMBLE.

TEBALDO.

Plus d'effroi désormais ! que ce bras te soutienne !
Il te faut la vengeance, et par moi tu l'auras !
Prends mon sein pour abri, mets ta main dans la mienne,
Et qu'on vienne à présent m'arracher de tes bras !

GILDA.

Plus d'effroi désormais ! que ton bras me soutienne !
Mon honneur t'appartient et tu le défendras !
Quand je suis près de toi, quand ta main tient la mienne,
Qui viendra maintenant t'arracher de mes bras ?

GILDA.

Mais, toi, tu savais donc mes dangers et ma peine ?
Mon effroi dans ton cœur avait donc un écho ?

TEBALDO.

Non, vraiment.

GILDA.

Mais, alors, près de moi qui t'amène?

TEBALDO, gaiement.

C'est la mule de Pedro.

GILDA.

Pedro, mon ravisseur?...

TEBALDO.

Que dis-tu?... ce domaine?...

GILDA.

C'est le sien!

TEBALDO.

Se peut-il?... Pedro!

GILDA.

Et sa mule?...

TEBALDO, gaiement.

C'est elle
Qui, rentrant aujourd'hui
A l'heure habituelle,
M'a ramené... chez lui !

GILDA, vivement.

Non !... C'est Dieu qui, témoin de ma frayeur mortelle,
C'est Dieu qui t'envoya pour être mon appui !

ENSEMBLE.

Plus d'effroi désormais! que $\begin{cases} ce \\ mon \end{cases}$ bras, etc.

(La porte de la cave est ébranlée par les efforts de Pedro.)

GILDA.

Il revient !...

TEBALDO, saisissant son sabre et s'élançant vers la porte.

Misérable !

GILDA.

O ciel ! vois mes alarmes !

TEBALDO, se calmant.

Va, ma Gilda, va, ne crains rien...

(Il jette son sabre.)

Je suis soldat, il est sans armes,
Et je puis me venger par un autre moyen.

(Gilda éteint les flambeaux, pendant que Tebaldo ouvre la porte que pousse Pedro. Celui-ci entre, sans voir Tebaldo, que la porte a caché en se développant. Il se frotte les yeux et frissonne, comme un homme qui vient de se réveiller ; puis , en se dirigeant à tâtons, il touche la robe de Gilda, qui s'éloigne vivement et se réfugie près de Tebaldo.)

SCÈNE VIII

(Nuit.)

TEBALDO, GILDA, PEDRO.

TRIO.

ENSEMBLE.

PEDRO, à part.

Par son assurance,
Elle a cru me tromper ;

Mais, vaine espérance !
On ne peut m'échapper.
Beauté trop sévère,
Voici bientôt le jour,
Et l'heure si chère
Qu'attendait mon amour.

TEBALDO et GILDA, à l'écart.

A tant d'assurance
Nous saurons échapper :
Sa folle espérance,
Nous saurons la tromper.
Sans peur, sans colère.
Laissons venir le jour :
Un dieu tutélaire
Protége notre amour !

PEDRO, gaiement, à Gilda, qu'il cherche dans l'obscurité.

C'est donc ainsi, démon plein de malice,
Que vous mettez les amours en prison ?...
Et, pour comble de trahison,
Mon vieux vin de Porto, votre lâche complice,
Dans un profond sommeil a plongé ma raison.

GILDA, souriant.

Vraiment ?

PEDRO.

Vraiment.

GILDA.

Pauvre garçon !

PEDRO.

De moi ne riez pas encore.

(Se tournant vers la fenêtre.)
Tenez, voyez, déjà l'aurore
Sur les coteaux voisins jette un éclat vermeil,
Et l'horizon, qui se colore,
Va bientôt resplendir sous les feux du soleil.

GILDA.

Eh bien?...

PEDRO.

Eh bien... le jour s'approche :
Tout le village, aux sons de cette cloche,
Doit accourir...

TEBALDO, à part.

Ah ! je vois son dessein !

GILDA, gaiement.

Allons, puisque l'instant s'approche,
Allons, sonnez donc le tocsin.

PEDRO, étonné.

Comment?...

GILDA.

Sonnez donc le tocsin.

PEDRO.

Eh bien... je sonne le tocsin.

(Il ouvre la fenêtre grillée, saisit la corde d'une cloche et sonne à tour de bras.)

ENSEMBLE.

Carillon plein de charme !
Sonnez, cloche d'alarme !

Sonnez, tocsin joyeux !
Pour moi quel doux présage,
C'est notre mariage
Que l'on sonne en ces lieux !

GILDA et TEBALDO.

Carillon plein de charme !
Sonnez, cloche d'alarme !
Sonnez, tocsin joyeux !
Doux espoir ! doux présage !
C'est notre mariage
Que l'on sonne en ces lieux !

PEDRO, revenant à Gilda, pendant que Tebaldo se dirige à tâtons vers la fenêtre.

Pour nous surprendre en tête-à-tête,
Tous les voisins viendront ici.

TEBALDO, près de la fenêtre.

C'est à mon tour, et m'y voici.
(Il sonne.)

PEDRO, surpris, puis riant.

Hein?... qu'est-ce?... Ah! c'est Grillo qui se met de la fête...
Merci, mon bon Grillo, merci !

REPRISE.

Carillon plein de charme ! etc.

TEBALDO et GILDA.

Carillon plein de charme ! etc.

Pedro s'approche de la fenêtre et fait des signes au dehors. Pendant
ce mouvement, Tebaldo se glisse dans la chambre à gauche, en y
entraînant Gilda. — Au moment où Gilda va disparaître, Pedro se
retourne, la voit et se frotte les mains. — Gilda disparaît complè-
tement ; mais Tebaldo se tient derrière la porte entr'ouverte et
semble observer ce qui se passe.)

SCÈNE IX

Les Mêmes, GRILLO et les Gens du Village, accourant,
tenant des lanternes.

CHŒUR.

Qui donc nous appelle
En sonnant le tocsin?
Quelle est la nouvelle?
Parlez vite, voisin!

LES HOMMES.

Serait-ce la flamme
Qui nous menace tous?

LES FEMMES.

Serait-ce une femme
Qui bat son cher époux?

LES HOMMES.

Dans une embuscade,
Un voleur est-il pris?

LES FEMMES.

Ou bien, chez l'Alcade,
Est-ce un amant surpris?

TOUS.

Qui donc nous appelle
En sonnant le tocsin?
Quelle est la nouvelle?
Parlez vite, voisin!
Parlez, parlez, parlez vite, voisin!

PEDRO, se rengorgeant.

Rien de tout cela, sur mon âme...
C'est un fermier qui va vous présenter sa femme !

(Il marche fièrement vers la porte de la chambre et l'ouvre... Tebaldo
en sort, tenant Gilda par la main.)

TEBALDO.

La mienne, s'il vous plaît, monseigneur don Pedro !

PEDRO, reculant.

Hein ?... d'où sort-il ?... Tebaldo !...

GILDA, souriant.

Tebaldo.

PEDRO, avec éclat.

Qui t'a conduit chez moi ?

TEBALDO, gaiement.

La mule de Pedro.

PEDRO, se calmant et reprenant son assurance.

Vous avez fait, mon cher, une sotte campagne :
Car, en nommant Gilda ma femme, ma compagne,
Je sauvais son honneur, que j'avais compromis...
En ferez-vous autant ?

TEBALDO.

O ciel ! c'est impossible !...

(Mouvement général.)

A la loi sévère, inflexible,
Soldat du roi, je suis soumis !...

(A Gilda, avec désespoir.)

De te donner mon nom il ne m'est pas permis !

PEDRO, après les avoir regardés un instant d'un air de pitié, reprenant avec élan

Eh bien, mon brave, au diable la cocarde !
Cessez d'être un héros pour être un homme heureux !

(Voyant que tous les yeux sont fixés sur lui.)
Il faut se montrer généreux,
Quand tout le monde vous regarde.

(Présentant à Tebaldo le sac d'argent rapporté de la foire.)
Allons, rassurez-vous tous deux.
J'ai là cent bons ducats, et c'est juste la somme
Qu'il faut, je crois, pour racheter un homme.
Tebaldo, je te l'offre... En frère accepte-la,
Et donnons-nous la main...

(Geste de refus de Tebaldo.)
Qu'en dites-vous, Gilda?

GILDA.

Que vous avez du cœur et que je vous pardonne !

PEDRO, avec émotion, en leur prenant la main.

Amis!... vous m'apprenez qu'on peut être, en effet,
Heureux du bonheur que l'on donne
Et riche du bien que l'on fait !

PEDRO, reprenant le motif de la chanson.

Afin qu'un jour, un peu de gloire
Soit le doux prix d'un bon secours,
Contez à vos enfants l'histoire
De la mule et de vos amours.

GILDA.

Dans chaque ferme, et d'âge en âge,
Sur les deux rives du Douro,
On parlera du mariage
Fait par la mule de Pedro.

ENSEMBLE.

Partout on redira l'histoire de Pedro !

PEDRO.

Quand des grelots et des sonnettes
On entendra le doux écho,
Lorsqu'au retour des grandes fêtes,
Les voix sonores des clochettes
Chanteront leur gai boléro,
On dira : « C'est ainsi que chantaient les clochettes
De la mule de Pedro ! »

TOUS.

C'est ainsi que chantaient les joyeuses clochettes
De la mule de Pedro !

FIN.

www.ingramcontent.com/pod-product-compliance
Lightning Source LLC
Chambersburg PA
CBHW060817180626
46818CB00002B/855